ENCONTRANDO SUAS CORES

Espalhando Polen...

Colorindo O Mundo...

Arte original de Tetê AmO

Por favor, entre em contato comigo se desejar compartilhar sua opinião sobre o livro.

Obrigada!

ISBN – 978-1-7329038-3-8

Reconhecimento

Dedico este livro a Deus por realizar meu sonho,
me guiando nesta linda e colorida aventura

Sou eternamente grata aos meus pais,
Armindo de Oliveira e Lídia David do Amaral
por terem sido fiéis às suas cores, me ensinando
a manter as minhas sempre vivas!

Juntos novamente em uma nova
e eterna vida de cores celestiais!

Um agradecimento especial à Clare Briody pelo carinho,
e a todos que me deram apoio e incentivo.

Sempre grata aos pequenos ajudantes de Deus, as abelhas e borboletas,
com missões tão valiosas de colorir o mundo e nos manter vivos!

Para Minha Mãe Com Amor!

Ela sempre soube como manter suas cores brilhantes.
Agora está vivendo uma jornada de pureza e paz.

Ela voou para longe, mas sobrenaturalmente, está mais perto do que nunca, porque agora ela vive no meu coração, presente em tudo o que faço!
Sempre será lembrada por sua sabedoria, beleza, bondade e coração alegre.
Agora ela descansa com meu adorável e inesquecível pai.
Viveram uma união de muito amor, agora unidos para toda a eternidade!

Mamãe e papai, vocês estão no meu coração e eu os amarei para sempre!
Obrigada!

Minha mãe Lídia, faleceu em 1º de setembro de 2019. Ela foi a primeira a ver este livro, ENCONTRANDO SUAS CORES. Eu não sabia como esse livro iria tocar o coração de alguém., mas agora eu sei, porque trouxe muito conforto e beleza para a minha vida, em um momento como este.

Meus pais sempre souberam como "SER", em todos os papéis de suas vidas, e no que Deus lhes entregou como missão. Assim como as borboletas, que migram guiadas por um poder extraordinário sem hesitar, em direção ao seu destino.

Lendo este livro você verá três corações unidos,
de meus pais e o meu, expressando nosso amor por você!

Às vezes,
para preservar nossas cores,
temos que ajudar alguém
a encontrar as delas.
TetêAmO

Índice de Uma Aventura Colorida

Onde Estão Suas Cores?

A Abelha Zumbindo

Eu sou uma polinizadora
Hora de espalhar o amor e dançar
Sinto-me aventureira hoje
Vou explorar
Vou viajar muito além
Vou beijar flores doces
que esperam por mim
Vou coletar néctar e pólen
Tenho muito o que fazer
A fertilização depende de mim
Produzir mel é importante para mim
Fazer cera gasta muita energia

Eu vou requebrar
Vou dançar em círculo
para a sobrevivência da minha colônia
Eu também posso picar
Eu sou uma abelhinha
Não tenha medo
Sua vida depende de mim
Eu posso fazer a sua vida ficar
doce como mel
Eu faço o mundo ficar mais colorido
Cuide bem de mim
As flores estão chamando
Venha, vamos voando!

A abelha:

Uau! Que tipo de lugar é esse?

Aonde foram as cores?

Tenho muito trabalho a fazer!

Um Raio de Luz!

Na caverna escura, um raio de luz cheio de energia, freneticamente tenta entender como um lugar como este poderia existir! A abelha só entende de luz e cores. Aonde quer que vá, traz vida! E este lugar está necessitando desesperadamente de muito trabalho!

Às vezes,

UM PEQUENO RAIO DE LUZ
É TUDO O QUE PRECISAMOS

para abrir nossos olhos.

Para a abelha, só há uma coisa a ser feita; restauração!
A abelha tem um propósito, e será realizado!
A borboleta precisava de uma picadinha da abelhinha para encontrar suas cores.
A borboleta ficou tão confortável, que preferiu dormir esquecendo seu propósito.

A borboleta, indiferente:

Acho que hoje vou descansar.

Eu só vou dormir!

Ai! Isso dói!

A abelha, surpresa:

Quem é você tão triste assim?

A borboleta:

Quem é você, zumbindo ao redor,

feliz assim?

Eu sou uma borboleta, quem é você?

A abelha:

Lamento ter picado você.
Não te reconheci.
Eu sou uma abelhinha!
O que aconteceu com suas cores?

A borboleta:

Acho que perdi minhas cores!
Não sei onde encontrá-las.

A abelha, segurando as asinhas da borboleta, diz:

Gostaria que eu ajudasse a encontrá-las?

A borboleta:

Ah, você é muito gentil,
mas estou muito cansada!
Não faz mal não ter cores.
Talvez elas me encontrem!
Este lugar é suficiente para mim!

A abelha:

Se você vier comigo,
eu vou te mostrar algo bonito e delicioso.
E quem você realmente é!
Eu preciso de sua ajuda, e você precisa de mim!
Você pode trazer alegria ao mundo!
Por favor, você pode confiar em mim?

A borboleta:

Eu sou apenas uma borboleta!
O que mais posso ser?
Olhe para o meu tamanho!
Quem precisa de mim?

A abelha:

Para sua informação, as cores dependem de você!
Enriquecer o mundo, é o nosso trabalho a fazer!
Você vai amar o seu novo visual, e tudo o que pode ser!

A borboleta:
Eu vou, mas só um pouquinho.
Você, abelhinha,
tem um lugar melhor para mim?
Estou confiando em suas promessas,
então, por favor, mostre para mim!

Confiança

O que é isso

que parece tão triste e sem cor?

Onde está a luz?

Eu não posso ver!

Eu olho em volta, mas não há nada para ver!

Minhas cores estão desaparecendo!

Espere um minuto!

Não tire minhas cores de mim!

Posso compartilhar minhas cores

e iluminar você!

Vou te mostrar como!

Venha, quer ver?

Pule a cerca! Voe para longe!

Novos pensamentos! Novas maneiras!

Você pertence estar onde você pode dizer:

"é isso aí!"

Pode dizer isso hoje?

A abelha tem cerca de seis semanas de vida.

Não há tempo para pensar; "E se. . ."

Ela faz acontecer!

Voando para longe. . .

Viajando Para Um Mundo Colorido

Um Mundo Para Explorar!

A abelha levou a borboleta a um mundo colorido, uma fonte de néctar. A borboleta, batendo as asinhas com espanto, sorriu, e provou a doçura do jardim! Brincaram cobrindo-se com um pó amarelo. Ficaram engraçadas! Se divertiram indo de flor em flor, beijando-as com promessas de compartilhar sua doçura. Lavanda, cosmos, verbena, calêndulas, girassóis, manjerona, dálias; todas dando boas-vindas a seus ajudantes para espalhar sua beleza pelo mundo inteiro!

Onde está a sua fonte de néctar?
Você está gostando deste mundo colorido?
Você gosta da doçura da vida?
Você fica engraçado às vezes?
Você beija o dia prometendo espalhar a alegria que você recebeu?
Você está explorando as cores do seu coração? O que o faz bater mais rápido?

Você Já Viu As Borboletas Migrando?

De repente, me vi cercada por milhares de borboletas, migrando de uma terra longínqua para outra. Foi uma visão espetacular! Elas sempre trazem tanta alegria! O que estará inscrito nessas belas criaturas, tão obedientes, mostrando o caminho a seguir? Estão em uma missão, e a única escolha é avançar! A viagem é longa. Umas irão reproduzir no caminho; outras continuarão sua jornada, mas a alegria que espalharam, durará para sempre! Pequeninas e delicadas, seguem carregando a grande responsabilidade de espalhar pólen para fertilização, nos mantendo vivos!

Como elas são corajosas!
Vieram nos trazer uma mensagem!
Nós também podemos voar!

Espalhar o amor por terras distantes manterá o coração aquecido quando a vida esfriar, e refrescará o espírito quando a vida esquentar!

O que elas podem ver que eu não vejo?
O que eles sabem que eu não sei?

Quem está guiando as borboletas? Instinto?
Também temos instinto, mas nos perdemos!
Ou, talvez não!
Muitas vezes, não percebemos que estamos
sempre sendo guiados!
A diferença entre nós e as borboletas, é que nós
frequentemente lutamos contra o poder
que quer nos levar adiante.

Quando me sinto perdida,
estou perto de me encontrar.
É quando procuro respostas,
direção e discernimento!

Assim, encontro a luz!

Deus construiu uma cerca de proteção ao nosso redor para que nossos corações possam estar seguros, envolvidos no Seu amor!

Um coração agradecido, é um coração cheio de alegria demonstrando confiança em Deus.
Que o seu coração se alegre sempre em Deus e para Deus!

Vibração Das Cores

Como está sua vida hoje? Emocionante, cheia de entusiasmo, rica em cores?
Ou, talvez, você se sinta como a borboleta, sonolenta e sem cores?
Às vezes, procuramos grandes respostas e elas vêm do tamanho de uma abelhinha,
como um raio de luz! Às vezes, só podemos ver o que queremos ver,
mas a luz abrirá nossos olhos para ver o que precisamos ver.

Seja qual for a fase que nos encontramos na vida, é bom lembrar que fomos enviados para um propósito; para usar nossas cores, pincelando amor pelo mundo! Quem o receber, irá passá-lo adiante. Se escondermos o brilho que nos foi dado, perderemos a chance de sermos um raio luz. Avivando nossas cores, damos oportunidade a alguém de ver a luz! Deus estende Sua bondade através de nossos dons e talentos, para realizar a Sua vontade! Ele nos deu luz!

Pólen da Vida

DEPENDE DE NÓS, FERTILIZAR

aromas doces & cores vibrantes

PARA DAR À VIDA UM

gosto de mel!

Aonde quer que vá, espalhe pólen ao seu redor!

Fertilize amor e bondade!

Reconhecendo a borboleta, a abelha operária também reconheceu seus dons. A abelha sabia que a borboleta nunca poderia perder suas cores interiores. No escuro, não podemos ver nossas cores, mas elas estão lá. A abelha pegou a borboleta pelas asas! Você pode levar luz a alguém hoje, como fez a abelhinha?

Nossas cores foram dadas por Deus e nada pode tirá-las!

Não temos asas, mas com a graça de Deus podemos voar alto!

ÀS VEZES, O QUE NOS IMPEDE DE AVANÇAR, É SABER QUE TEREMOS QUE ENFRENTAR O QUE É DESCONFORTÁVEL, LUTAR CONTRA NOSSOS PENSAMENTOS DESANIMADORES, E ABRIR NOSSAS ASAS ENFERRUJADAS!
POR QUE NOS CONTENTAR COM MENOS QUANDO PODEMOS TER O MELHOR?

........Abelhinha Atarefada........

A abelha trabalha com total dedicação
para nos manter vivos!
Pequena criatura!
Certamente não sabe que carrega um milagre
todos os dias!
Tem vida curta, mas significante!
Segue espalhando o melhor dos presentes;
*a **vida**!*
Você aprecia as flores perfumadas e coloridas?

Você sabia que o mel é curativo,
e que a cera é um componente muito usado em várias indústrias?
Em aproximadamente seis semanas, as abelhas fazem a diferença no mundo!
O que você pode fazer em seis semanas para ajudá-las?

1 – Diga não a herbicidas e pesticidas, para sempre!
2 – Mantenha um jardim florido para atrair abelhas e borboletas.
3 – Compre mel puro de apicultores locais.
4 – Ser informado sobre as abelhas, e se envolver por essa causa vital!
5 – Compre algodão orgânico. As culturas de algodão são as mais tóxicas do mundo.
6 – Não tenha medo das abelhas, elas não vão picar você. se ficar imóvel!

Você está viajando na direção certa?

Viajo para descobrir novas culturas, para aprender com novas experiências. É sempre uma grande e estimulante surpresa! Mas existem muitas maneiras de se entusiasmar, mesmo na vida cotidiana.

Eu surpreendo minha rotina!

Eu sei o que alegra meu coração; coisas simples que são muito preciosas para mim. Eu tenho muitas "abelhas" vindo a mim, me ajudando a acreditar que podemos voar para terras distantes e colorir o mundo! Primeiro tenho que colorir a vida ao meu redor e o meu coração, para depois poder alcançar o mundo! Quando sinto que minhas cores estão precisando ficar mais alegres, pequenas bênçãos podem torná-las mais brilhantes.

Eu gosto de espalhar sementes por toda parte; esquecer, e de repente, ver o milagre acontecer! Envio cartões postais a mim mesma, expressando meus sentimentos daquele dia, porque sinto falta de receber cartas no correio, e também porque é sempre bom reviver bons acontecimentos. São pequenos lembretes que me inspiram a agradecer a Deus! Escondo pequenos bilhetinhos incentivadores, versos da Bíblia e chocolate; o que é sempre uma delícia encontrar! Ofereço cinco minutos de pintura-oração, ou simplesmente paro para ouvir o meu Pai. Esses momentos são presentes de Deus dizendo:

"Estou aqui com você, e Eu te amo!"

E como não sorrir ao receber esses presentes?

Às vezes, Deus me surpreende com presentes inesperados, como os golfinhos brincando no oceano quando eu vou dar uma caminhada na praia, borboletas migrando, a visita de uma única abelha, e o inesperado "toca aqui" de um menino alegre passando por mim! Experimentando surpresas que Deus envia no meu caminho, eu viajo em Sua palavra, em Sua companhia, e Ele me carrega em direção à luz.

A abelha levou luz a borboleta e voaram para longe para desfrutar de muito néctar!

Participe de uma Aventura colorida!

Qual é a sua paleta?

1 – Cor da esperança! Bênçãos, luz e serenidade!

2 – Uma mistura de alegria rejuvenescedora e paz! Doce harmonia!

3 – Cor edificante, acalma a mente e o espírito!

4 – Entusiasmante, apaixonante e intensa!

5 – Vibrante, enérgica e jovial!

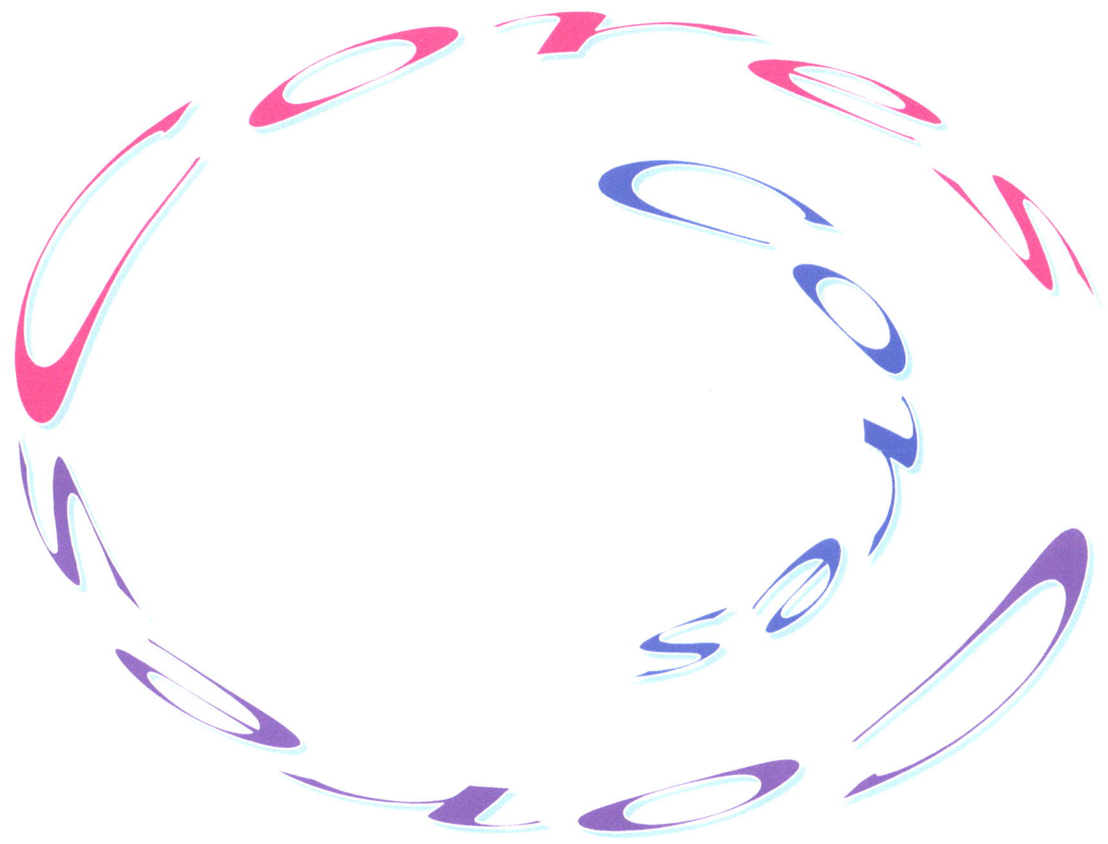

Cercada Por Cores

A abelha para a borboléta:

Há algo acontecendo com você.

A borboléta:

O que é?

A abelha:

Eu posso ver algumas
cores em você.

A borboléta:

Como pode ser?

O Presente

Um dia, perguntei a Deus
"Isso é tudo?"
Ele segurou minha mão e disse:
"Depende de como você me vê!"

Um dia, eu me vi como uma caixinha de presente com uma bela fita.
Perguntei a Deus:
"O que há dentro?"
E Deus disse:
"Eu"!

Um dia, senti que havia mais para explorar do que o que eu podia ver.
Perguntei a Deus:
"O que o Senhor vê?"
Deus disse:
"Um presente meu para você!"

Um dia, eu sabia que tinha que abrir meu coração e deixar acontecer!
Perguntei a Deus:
"Como pode ser?"
E Deus respondeu:
"Você só tem que confiar em mim!

E Deus coloriu meu mundo com suas cores mais vibrantes!

Cercada Pela Cor Rosa!

Definitivamente, rosa é a minha cor!

Me vesti de rosa para celebrar o Ano Novo.
Mais do que fazer resoluções, eu queria começar o ano "vestindo" a minha resolução,
colorindo meu coração de rosa para me aproximar de Deus como uma menina.
Quando estou rodeada de flores cor-de-rosa ou uso roupas cor-de-rosa,
me sinto alegre e agradecida.

Para Deus, eu sempre serei uma menina!
Ter o coração de uma criança, é exatamente o que Deus quer ver.
Uma criança confiante no poder majestoso de seu Pai!

Charme, delicadeza, suavidade e inspiração!

Um coração tranquilo
conectado a Deus
encontra paz
e harmonia

Como a sua cor preferida faz você se sentir?
Se desejar, escreva algumas palavras sobre como as cores usadas nas minhas pinturas
tocaram seu coração. Conectando suas palavras às cores,
o resultado será uma explosão de expressão!

Cores Significativas

Paixão e amor são o centro da vida
Paz e alegria cercam
este amor intenso
A beleza é plantada em um vaso
quebrado, colocado sobre uma mesa
repleta de glória,
iluminado pela compaixão!

Sou coberta pela proteção Divina

Com fé, abençoada e purificada, o poder de
cura de Deus se manifesta

Ando ao longo do rio da verdade,
segurando as mãos Majestosas do meu Pai

Louvando com paixão

Coberta de brilho e restaurada

Florescendo e compartilhando a luz
que Deus derrama sobre mim!

Cores Das Estações

Minhas estações favoritas são Primavera e Outono. Eu nasci em ambas estações, considerando que os hemisférios têm estações opostas. Acredito que sou muito influenciada, em maneiras diversas, por essas estações de renovação. Sinto-me atraída pelo novo. Aprender algo novo, explorar novas possibilidades, deixar as sementes que plantei no meu coração criarem raízes, e me desprender do que não dá frutos para poder renovar! É como um impulso energético! Eu vivo na expectativa de receber mais revelações a cada dia. É muito emocionante ver e experimentar a vida através de novas perspectivas! Eu quero ser livre para encontrar bênçãos infinitas que Deus salpica no meu caminho, para que eu aprecie e reconheça a Sua presença. Eu não quero perder esse encontro, que é sempre muito colorido em qualquer estação! São prazeres simples a serem explorados.
Eu consigo sentir as cores! E você?

Eu amo as cores vibrantes da primavera anunciando o milagre da renovação.
As cores do outono aquecem o coração, inspirando novos sonhos.
Guarda-sóis coloridos anunciam a chegada do verão, sugerindo que é hora de se divertir e relaxar!
No inverno, flocos de neve caem lentamente trazendo paz e esperança!

Passamos por estações;

MUDANDO

RENOVANDO

DESCOBRINDO NOVAS MANEIRAS

de recomeçar.

É SEMPRE UMA SURPRESA!

As Cores do Inverno

Onde moro, começo o ano novo com a paz do inverno. O inverno é a estação mais aconchegante. Encontro a felicidade deitada no meu sofá, coberta por um cobertor macio, lendo um livro, bebendo chocolate quente. Adiciono luzes de fadas decorativas, para criar um ambiente charmoso. É mágico! No inverno, eu tenho mais tempo para meditar, para pensar sobre o que eu gostaria de realizar. Algo que seja significante, novas maneiras de usar as cores, não só na tela, mas também na vida em geral.

Para alguns, o inverno não é a estação mais alegre, mas quando queremos conectar com Deus, eu diria que é a estação perfeita. Parece que nada está acontecendo, as cores estão desaparecendo, a natureza está dormindo. Também adormecemos, aconchegados em nossos cobertores confortáveis, nos aquecendo, esperando a primavera. Se pudéssemos estar apenas no inverno; uma estação de cada vez, nós reconheceríamos que sem uma estação, não teríamos a outra. Nossas raízes estão vivas em qualquer estação, mas perdemos nossas folhas, e sentimos frio. Como as abelhas agrupadas no inverno, também podemos usar esse tempo para aquecer nossos corações. O abraço de grupo salva as abelhas no inverno, e nós também encontramos conforto quando abraçamos a palavra de Deus. Envoltos por esse cobertor de amor, armazenamos alimento suficiente para todas as estações. Nesta época do ano as abelhas estão exercitando os músculos de suas asas. Elas se alimentam de mel, nós nos alimentamos da doçura da companhia e palavra de Deus. Estamos sendo preparados para brotar! Nós não podemos ter pressa se queremos um desabrochar luxuriante. É o momento em que preparamos nossas cores para a primavera. É quando ganhamos força para sair do casulo! Não importa se nos sentimos invisíveis, ou queremos ser invisíveis, a primavera virá, e é melhor estarmos preparados para sermos vistos!

As Cores Da Primavera

Eu me entusiasmo com a beleza e o significado dessa estação tão magnífica! Me sinto restaurada após um período de hibernação com meu Pai. Ele nutre e revigora meu espírito! Eu quero aproveitar cada gota de tamanha riqueza que esta estação da primavera me oferece e colher resultados, que além de coloridos, são essenciais e vivificantes. É hora de ver se manifestar tudo o que eu preparei meu coração para receber. É hora de colocar em prática a sabedoria recebida no inverno e aprender com o renascimento da natureza! É hora de agir, de ir em encontro a luz! Parece ser uma estação muito curta, em relação ao número infinito de milagres que ocorrem!

Esse é o poder de Deus!

As abelhas e borboletas estão prontas para brilhar! E você?

O que lhe vem à mente quando você pensa na Primavera?

Tudo novo! Nova vida! Explosão de cores! Renascimento! Renovação!

É hora de deixar suas cores, florescerem!

Novas e vibrantes!

As sementes que você plantou em seu coração estão prontas para germinar!

Cores De Verão

Os guarda-sóis são como bandeiras coloridas anunciando: chegou a hora!

Chegamos na estação da diversão! Todos a bordo! Estamos totalmente cercados por cores! Até a nossa pele tem uma cor saudável! É hora de usar roupas alegres, sandálias decoradas, toalhas de praia coloridas, tudo em perfeita harmonia com o magnífico azul do céu calmante, e as ondas do mar com seus movimentos atraentes, nos convidando a brincar. Só temos tempo para a felicidade! Nossos pés são massageados pela areia, nós nos refrescamos na água, a vida é maravilhosa! Gaivotas nos convidam a voar, a vida se torna um show de felicidade! Uma estação cheia de atividades rejuvenescedoras! Temos vivido este sentimento todos os anos de nossas vidas, mas sempre com sonhos diferentes e em fases diferentes. É uma época que traz um grande ensino. Temos certeza de que o verão virá. Nós nunca duvidamos, nós preparamos a nossa lista de afazeres, esperando o que está por vir com certeza de que acontecerá. Fazemos planos. Aqui vamos nós!

Espere como uma criança. Seu Pai preparou estações de muita felicidade em cores, que nunca *irão* desbotar, e que se encaixarão em todos os sonhos que Ele planejou para você, não importa em que fase da vida você esteja! A espera acabou! É uma promessa!

Cores Do Outono

Os céus estão comemorando esta estação com um show de arte gloriosa a cada pôr-do-sol. O maior Artista já visto, não se limita pelo tamanho de sua tela! Sua obra de arte magnifica é vista e sentida por todos. É uma estação de ação-de-graças por tudo que Deus nos oferece, exibida na natureza.

Deus pinta as folhas do outono com cores extremamente vibrantes porque o espetáculo da mudança merece atenção especial. As folhas, quando as pisamos, dizem que apesar de terem caído, voltarão com força total!

Ao passar por árvores que já deixavam ir suas folhas, já não via cores muito vivas. Então, sentei-me embaixo da árvore, mas a luz radiante chegava até mim entre os galhos. Olhei para cima e fiquei admirada com o que vi. As folhas vistas por este ângulo ainda apresentavam uma linda cor amarelo limão deslumbrante, em contraste com o céu azul, iluminadas por raios de luz, dançavam como cristais reluzentes!

A luz Divina intensifica nossas cores! Olhando a vida por um ângulo diferente, veremos um espetáculo colorido e radiante!

Paz

As estações da vida ensinam, transformam, e rapidamente mudam. Às vezes, queremos que passe logo, outras vezes, que durem eternamente. Mas não importa como nos sentimos, as estações tem um propósito, e se não entendemos as mensagens, simplesmente desperdiçamos um grande aprendizado. A vida continua, como na estação do outono, levando folhas secas, e brotando vida na primavera! Com grandes expectativas para ver o resultado, eu me concentro em aprender com as estações para ter uma conexão mais profunda com Deus. Quando encontramos paz em cada estação, dominamos nossas emoções com alegria!

Deus
Chama você
para experimentar
alegria & paz!

Visitando um vale desértico na Califórnia, fiquei muito impressionada ao ver quilômetros de flores silvestres. É uma visão espetacular! Apesar de ser inverno, estava bem quente. Depois, segui para as montanhas e pude então experimentar as quatro estações em apenas alguns dias. A beleza da primavera, o amarelo vibrante do outono e o calor do verão, me confundiram um pouco. O frio das montanhas cheias de neve me acordou para a realidade, porque a essa altura, já havia esquecido qual era a estação do ano!

Mas eu estava preparada! Passando por diferentes estações da vida, ficamos mais fortes e confiantes, pois cada uma traz um novo ensinamento. Ao invés de nos contentarmos com a escuridão de uma caverna, deixando nossas cores esmorecerem, temos o privilégio de poder nos cobrir sob as asas de Deus, onde estaremos seguros e preparados para todas as estações!

Inverno - Paz
Primavera - Renovação
Verão - Promessas
Outono - Agradecimento

RESTAURANDO SUAS CORES

A borboleta para a abelha:

Eu sei o que está acontecendo abelhinha!
Agora posso ver
minhas cores alegres, e quem eu posso ser!

A abelha:

Você com certeza está diferente, é muito bom ver!
Você está voando para longe.
Espere, eu vou com você!

A borboleta para a abelha:

Apresse-se, abelhinha!
Há muito para ver!
Eu estava no escuro, mas agora eu posso ver!

Identidade Celestial

Qual é o seu nome?

Qual é o nome que Deus lhe deu?

Um Novo Nome

Nossos pais nos dão um nome, mas só Deus pode nos dar um nome significativo, o qual representa nossa essência e descreve a nossa singularidade. Como vemos na Bíblia, Deus alterou os nomes de várias figuras importantes porque sendo nosso Criador, Ele vê o nosso potencial. Passamos por muitas mudanças até finalmente conseguirmos reconhecer a nossa identidade celestial, o que nos torna distintos. Nosso nome celestial conta uma história sobre a missão que Deus preparou para cada um de nós. Deus é ilimitado, razão pela qual sermos únicos! Podemos ter dons semelhantes, mas o nome que Deus inscreveu nesses dons não pode ser alterado.

Deus criou um mundo colorido e você é Sua cor primária!

Por favor, lembre-se disso quando a vida tentar tirar suas cores!

METAMORFOSE

Do ovo, ao seu primeiro voo, a borboleta atravessa um processo de desenvolvimento natural, benéfico e necessário. Esse processo dura em torno de um mês. O ovo se transforma em crisálida, em seguida atinge a vida adulta, pronta para voar!

No escuro, em um casulo, como uma múmia pendurada de cabeça para baixo, ela fica o tempo necessário para suas asas poderem se libertar. Em câmera lenta, pode-se comparar o voo da borboleta com uma dança em ritmo harmonioso e performance delicada. Me faz pensar que, mesmo que nossos voos do dia a dia sejam corridos, podemos aproveitar mais a paisagem quando nossos pensamentos estão em ritmo lento.

Vejo cada etapa como um milagre. Finalmente, a borboleta vem à luz: linda, e com uma majestosa missão! Seria realmente lamentável que depois de vencer tantas etapas milagrosas, ela perdesse suas cores e identidade.

Nós também viemos à luz depois de nove meses, de cabeça para baixo. Demoramos anos para caminhar e durante toda a vida continuamos a passar por um processo longo de transformação. Tudo é planejado pela mão de Deus! O processo de desenvolvimento e crescimento espiritual para encontrar propósito e significado, leva tempo, e só é possível com confiança, perseverança e paciência. Não podemos apressar o processo, ou perder nossas cores. Antes de abrirmos nossas asas, temos que abrir nossos corações para Deus!

Então, você voará alto, confiante de que brilhará!

Precioso

Você reconheceria suas cores
se pudesse se ver através dos olhos de Deus?
Você veria que Ele pintou seu coração com cores eternas,
e com o Seu amor, que não pode ser mudado pelas suas circunstâncias?
Você veria uma obra-prima?

Você acordaria cantando?
Você passaria o dia dançando?
Você vibraria suas asas com alegria?
Suas cores verdadeiras fariam você se emocionar?
Você se estimaria?
Como você seria?

Luz

Girassóis se viram para o sol, pois o calor atrai polinizadores e estimula o crescimento. Suas folhas acompanham a luz do sol para ocorrer a fotossíntese, gerando oxigênio.

Há muita sabedoria Divina envolvida nesse processo, e eu me fascino pela sua complexidade, apesar de parecer mágica! Plante a semente, adicione um pouco de água, e voilà!

Caminhar por uma plantação de girassol é um prazer energizante! Os girassóis, de beleza exuberante, erguem-se cumprimentando seus visitantes. Uma demonstração de grandiosidade! Isso tudo está impresso em sua identidade, assim como sua finalidade, altura, cores, e padrão geométrico das sementes atuando na multiplicação de sua beleza.

Somos seres complexos com uma identidade que não pode ser reescrita!

O girassol nunca perderá sua cor, contanto que siga a luz!

Colorindo Seus Pensamentos

Meditar na palavra de Deus é a melhor maneira de controlar os nossos pensamentos, e de encontrar inspiração. Mas seu também gosto de brincar, pintando meus pensamentos com cores

brilhantes
vibrantes
reconfortantes
revigorantes
alegres

Dando cores aos meus pensamentos, eu escolho somente os que embelezam o espírito! Pensamentos harmoniosos atraem luz!

Voando para bem longe, vou coletando o pólen da beleza e vida. Com o movimento das minhas asas, eu afasto tudo o que tenta tirar minhas cores. Assim, eu sigo meu caminho colorindo o mundo!

Abelhinha Adorável!

Sou apaixonada por abelhinhas e borboletas!

Eu tenho uma amiga abelhinha que vem visitar minha lavanda. Ela vem me inspirar enquanto eu escrevo.

Passeando por um campo de lavanda, eu me deparei com um enxame de abelhas que se moviam freneticamente, dançando ao som de seu próprio zumbido! Talvez, inebriada pelo doce aroma da lavanda, eu não tive medo. Elas estavam muito ocupadas para notar a minha presença! Eu me encantei com essa energia contagiante ao meu redor. A dor de ser picada por uma abelha é saber que ela não sobreviverá, isso sim, parte o meu coração. Uma criatura tão pequena que só tem a intenção de ser fiel a sua identidade e cumprir bem sua missão, tem muito a ensinar!

Você poderia plantar um pequeno paraíso para as abelhinhas e borboletas hoje?

Como Uma Abelhinha

Você já encontrou uma "abelhinha" quando precisava de uma dose de confiança? Acredito que sim! Mas às vezes, precisamos de mais do que isso. Precisamos de restauração; de um guia! Literalmente, queremos que alguém nos leve pelas asas para poder voar! Seria ótimo se pudéssemos simplesmente colocar tudo o que não sabemos resolver, nas mãos de Deus, e ao acordar pela manhã, ter a perfeita solução nos esperando. E só o que temos a fazer é seguir as instruções! Boas notícias! Isso é possível! Aliás, esta é a única maneira que nós podemos realmente superar qualquer coisa na vida! Mas a forma como acontece não é tão simples. Temos que passar por um processo de mutação para sermos capazes de entender as instruções, só então veremos o resultado, que certamente nos surpreenderá! Ser a "abelhinha" para alguém, nos ajuda a passar por essa fase para poder voar mais alto, e aprender a segurar as asas uns dos outros! A resposta muitas vezes vem quando paramos de pensar em nós mesmos e nos concentramos em ser a resposta para alguém!

E Deus sempre no controle, segurando as asinhas de todos!

Alegria Radiante!

Ternura

As respostas vêm a nós,
quando nos concentramos
no poder Majestoso de
Deus,
no qual encontramos
refúgio,
em Sua palavra,
e acreditamos
na Sua bondade!

Fertilize seu espírito
para que a estação
da colheita floresça
abundantemente!

Fertilizando
Suas Cores
TetêAmO

Perfeita Obra Divina!

As abelhas e borboletas são atraídas pelo perfume das flores, pólen e néctar.
Os polinizadores se beneficiam do néctar e pólen das flores
As flores se reproduzem através da polinização
Nós nos beneficiamos desta perfeita obra Divina!

Somos atraídos pelo pólen da bondade, amor,
e tudo o que nos traz alegria.
Um sorriso, palavras alegres ou um abraço sincero.

Polinizadores carregam o pólen
Nós carregamos o amor
Eles precisam do néctar das flores.
Nós precisamos de amor.
Quanto mais os polinizadores espalham o pólen, mais lindo será o jardim
Quanto mais doarmos amor, mais bela será a vida

Espalhe o pólen do amor!
Fertilize compaixão e bondade!

Vibrando minhas asinhas...
Para te dar um
bom dia!
tetê AmO

Doce Aroma

Adoro surpresas que alegram o meu dia e me fazem sorrir!

Todos os dias temos a oportunidade de tornar a vida um pouco mais especial e divertida! Por que não usar a criatividade e brincar um pouquinho?

Estou sempre plantando, o que eu chamo de "sementes de alegria", aleatoriamente, para ter o prazer de esperar para ver o que brotará. Compro flores ainda por brotar, e fico na expectativa de uma surpresa que sem dúvida será bem-vinda!

Cada sorriso é como um fertilizante para o nosso espírito!

Então, como você colore sua vida?

A simplicidade da vida acalma a mente e o espírito.
Um buquê de flores é um presente único, cada um preparado com um toque de amor e criatividade, com um doce aroma de felicidade! Laços de fitas coloridas enfeitam essa exibição da gentileza de Deus!
Nunca deixe de lado esses momentos preciosos!
Toda vez que nossos corações se alegram, é como uma oração de ação de graças!
Uma bênção reconfortante!

Crescimento Excelente

Para que nossas plantas cresçam, nós precisamos fertilizar o solo. Para se propagarem, precisam de polinizadores, como as abelhas e as borboletas.
O fertilizante fornece nutrientes perdidos no solo e a polinização é necessária para a continuação da vida!
Os polinizadores fazem uma troca de amor com as flores, se beneficiando do néctar, e carregando o pólen da vida. Tudo na vida esta interligado pelas mãos de Deus. Qual a troca de amor que você poderia fazer para beneficiar a natureza?
Este é um exemplo perfeito de que
é dando que se recebe!
Com a natureza, aprendemos muito sobre como uma dieta saudável e estilo de vida são essenciais.
É uma troca de amor
que fazemos com o nosso próprio corpo.
Nós também necessitamos de nutrientes, dos polinizadores para sobreviver, e também alimentar o nosso espírito, mantendo-o forte, com raízes profundas para um excelente crescimento.
Assim, nos tornamos resilientes, como as palmeiras que se envergam, mas não quebram!

Um Pequeno Show

Num dia comum
Borboletas vieram me visitar
Elas estavam por toda parte
Voando ao meu redor
Eu queria ouvir a mensagem.
Mas estava tão claro
Eu não precisava de som
Em silêncio vieram me cumprimentar
Vibrando mensagens ao meu redor
Olhando para elas eu podia ouvir a voz de Deus
"Confie em mim!
Eu trouxe você aqui
Você pode ver que eu planejei
este momento especial só para você?
Você pode entender meu poder
de orquestrar este momento?
Você pode sentir a minha presença?
Muitos presentes Eu dei a você
Muitos ainda tenho para você
Florescerão como a flor do açafrão
Você verá!
Você acha que está demorando
Mas seus presentes já estão em minhas mãos
Você pode ver?
Eu estou aqui!
Andando com fé,
vou levá-la até eles, assim como eu trouxe você aqui
Vou mandar meus anjos para te enviar luz
Abençoando os desejos que Eu
coloquei em seu coração
Manifestando todos eles
para responder às suas orações
Você vai se encantar como uma menina
Você vai ver minhas mãos fazendo você florescer
Esta alegria que você sente será ampliada!
Os talentos e presentes serão amplificados!
Confie em mim!
Seu coração é tão grato por coisas tão pequenas
Muito mais Eu tenho para te dar
Minhas promessas a você, Eu nunca esquecerei!
Mais momentos como este
para dançarmos e cantarmos juntos
Minha filha Eu te amo
Eu quero que você saiba,
que essas borboletas que Eu lhe enviei,
são só um pequeno show!"

Promessas

A graça de Deus é infinita, sempre restaurando e multiplicando bênçãos.

A criação Divina é um vislumbre das promessas de Deus. De uma semente, colhemos vários frutos. Tudo é renovado no seu tempo. Plantar, fertilizar, podar, e colher, são como música. Para dar ritmo a música, não se pode estar fora do compasso. Tudo tem o tempo certo para brilhar! Também crescemos, somos renovados, restaurados e abençoados com frutos para desfrutar. Tudo será transformado, nada se perde! A chuva transforma colinas sem cor, em vegetação verde exuberante. Podemos pensar que alguns sonhos se perderam em algum lugar no tempo, mas todas as promessas serão lembradas. Às vezes, nossos sonhos só precisam ser fertilizados, ou oferecidos ao ritmo de Deus para acontecerem, e sermos abençoados em porção redobrada!

SOU ALIMENTADA PELA ABUNDÂNCIA
QUE A NATUREZA ME CONCEDE
LIVREMENTE.
SOU CURADA PELO TOQUE DE DEUS
RENOVANDO MEU ESPÍRITO.
ESTOU RODEADA DE PAZ E
TRANQUILIDADE.
GUIADA TODOS OS DIAS POR UM DIVINO
SUSSURRO MUSICAL

NO SILÊNCIO EU TENHO
visão espiritual

EM TRANQUILIDADE
EU ENCONTRO SERENIDADE

NA QUIETUDE
Recebo respostas

OLHANDO PARA O CÉU
Sinto Alegria Divina

A borboleta:
Você está engraçada, abelhinha!

A abelha:
Por quê? O que você vê?

A borboleta:
Você está coberta por um pó amarelo!

A abelha:
Você também está engraçada, assim como eu!

A borboleta:
A vida agora é uma doçura!
Graças a você, abelhinha!

Nadando na fonte de

Água -Viva

Imersa na

Encontrando
Suas
Cores
Tetê AmO

A abelha:

Uau! Quem é você?

A Borboleta:

Não brinque comigo!

Este é o meu novo visual!

A abelha:

Eu amo suas cores!

Fantásticas, de fato!

Você se parece com um arco-íris

Com duas asas brilhantes!

A borboleta:

Estou vestindo todas as cores

que você me apresentou!

Agora, estou protegida,

você não vai me picar novamente!

Eu quero dançar!

Venha comigo!

A abelha:

Bebemos um néctar doce,

somos muito abençoadas!

Beijamos flores para decorar o mundo!

Iridescente

As borboletas se adaptam ao ambiente para proteção, assim como uma variedade de outros animais. Chama-se camuflagem. Elas mudam temporariamente as cores com o objetivo de se protegerem, sem perderem sua beleza e seu colorido original. Às vezes, nós comprometemos nossas cores interiores, porque pensamos que estamos nos protegendo, mas na realidade, estamos perdendo a nossa identidade.

Seria mais gratificante, se pudéssemos transformar o ambiente com nossas cores originais.
Muitos animais adquirem suas cores devido a sua alimentação, como os flamingos.
Nós adquirimos nossas cores quando alimentamos o espírito.
A natureza nos ensina a ser fiéis a missão que Deus nos confiou, e brilhar com nossas próprias cores!
Temos que viver na luz para sermos capazes de transmitir luz!
Mantenha suas cores brilhantes e intensas, pintando os corações ao seu redor.

Eu aprendo a confiar
Para acalmar meu coração
Eu tenho tudo o que é preciso!
Eu tenho Deus!
Brilhe para Deus!
Mesmo que ninguém veja.
Ele é o amor da sua vida.
Você é uma estrela.
Brilhe para Deus!
Afinal, o que mais importa?

Observando o nascer do sol
aprendo como abordar a vida

Levanta-se com movimento lento
Ampliando horizontes
Surgindo delicadamente
Permitindo que os sonhos acordem gentilmente

Em paz, sem palavras,
recebo luz. . . como uma suave brisa,
mas que queima como uma chama de amor intenso!
Ouço uma canção me guiando. . .como uma suave
melodia, mas que vibra forte em meu coração!

Levando emoções, pensamentos, desejos a Deus.
Trazendo, respostas, esperança e novas oportunidades

A fé fortifica meu espírito!

Cintilante

Se pudéssemos ver as cores

com mais intensidade,

com os olhos de uma LIBÉLULA,

correríamos atrás delas.

Coletando

Compartilhando

Estaríamos imersas nelas.

Se pudéssemos produzir a nossa própria luz, como o VAGA-LUME

A luz estaria em toda parte

Brilhando

Curando

Amando

Se pudéssemos brilhar quando algo nos irrita, como o NOCTILUCA
Haveria mais alegria.
O mundo seria cintilante
Incrível de ver

Mas somos humanos, o que fazer?
Pedimos ao Criador, para que Sua luz brilhe intensamente através de nós!

Temos um presente para você!
Flores trazendo palavras doces, escritas com mel!
Alegria
Amor
Luz
Ânimo
Harmonia
Serenidade

O Eucalipto Arco-Íris

Ele descortiça mostrando suas cores.

Para revelar nossas cores ao mundo, precisamos descascar o que as esconde!

Há muitas cores para mostrar!
O que esconde suas cores?

Qual é o tamanho dos seus sonhos?

Percebi que algumas coisas que aconteceram na minha vida, não faziam parte dos meus sonhos, mas me levaram até eles.

Às vezes, superamos nossos próprios sonhos.

O desejo que tivemos uma vez, se tivesse sido realizado, poderia ter nos impedidos de sonhar mais alto!

Hoje, eu estou colorindo o mundo!

Sonhos Cor- de-Rosa

As cores têm uma maneira surpreendente de evocar emoções.
Quando estamos seguros de quem somos, nossas cores se tornam
mais vibrantes, exibindo o melhor que temos a oferecer.
As cores realmente têm um grande efeito sobre mim!
Por isso, trago para casa as cores da natureza.
O girassol trás consigo a energia do sol. Rosas vermelhas representam
o amor. Lavanda, delicada e perfumada, anuncia a chegada da
primavera, acalmando o coração! Cada flor tem sua beleza
única e incomparável!
O azul do céu refletido sobre a água, nos convida
a conectar com Deus e aproveitar esse momento
sereno, refrescante e inspirador!
Magenta e turquesa, me fazem desejar um enorme sundae!
Verde para mim é a cor da sanidade! Eu preciso rolar em verdes
campos para me libertar e criar!
Laranja traz à tona o meu modo lúdico e reações impulsivas!
Eu amo as cores rosa e branco para tudo!
Branco é sempre um sinal de paz!
Me faz pensar sobre a graça de Deus, inocência,
e novos começos com alegria pura.
Rosa é para mim! É uma combinação de todos os meus sentimentos favoritos!
Uma cor doce e encantadora, é também a cor da ternura e sensibilidade.

Eu quero me banhar em espuma cor-de-rosa, iluminada por luz de velas aromáticas cor-de-rosa,
comendo macarons cor-de-rosa, bebendo champanhe cor-de-rosa, para ter sonhos cor -de- rosa!

Fabulosa em Rosa!

Um recadinho para você!

Queridos amigos,

Eu quero que vocês saibam que eu recuperei minhas cores! Eu estava dentro de uma caverna, sem saber que havia um lugar melhor para mim. Então algo me picou! Fui acordada por uma abelhinha que agarrou minhas asinhas e me levou a lugares novos. Eu disse à abelhinha para me deixar em paz, mas ela não me ouviu! Essa abelhinha tem muita energia! Mas, pouco a pouco, ela me levou para provar algo muito doce, e eu quis um pouco mais. Foi uma diversão muito colorida! Competimos para ver quem beijava mais flores. A abelhinha me perguntou se eu estava ficando cansada. "Não", eu disse! "Eu quero vibrar minhas asinhas e brincar com você!" Então, depois de beijarmos muitas flores, a abelhinha me disse que eu estava ficando colorida. Eu podia sentir minhas asinhas se fortalecendo e com movimentos mais rápidos. Agora que eu tenho minhas cores de volta, temos muito trabalho a fazer! Não pensem que é o fim, nós apenas começamos! Vocês vão ver!

Eu ganhei uma nova amiga, novas cores, e uma nova vida! Eu amo a abelhinha! Agradeço a ela por me picar, ou eu ainda estaria dormindo. A abelhinha trabalha sem cessar, mas é o que sabe fazer! Minha amiga é uma abelhinha, o que posso fazer?

Eu sou uma borboleta, o mundo precisa de mim! Quando eu passar por vocês, vou vibrar minhas asinhas para desejar um bom dia! Espero que minha história possa ajudar a todos os que precisam encontrar suas cores. Saibam que vocês são especiais, nos acompanhem nessa aventura! Lembrem-se a quem vocês pertencem. Há um raio de luz sempre esperando por vocês! Vocês têm tudo o que é necessário para voar alto, vocês não precisam de asas; só de Deus!

Até breve meus amigos, eu tenho que ir, há muito mais flores para beijar e eu quero ganhar este jogo!

Beijinhos de uma borboleta bem colorida! 

A graça de Deus nos leva a novas aventuras, coloridas como um arco-íris. Como as borboletas, temos que aproveitar a chance e nos aventurar para lugares que nunca sonhamos, mas quando chegamos lá, nos apaixonamos! Reconhecemos em nossos corações que era para ser!

A graça de Deus abre o caminho nos chamando para receber presentes que são mais preciosos do que a nossa imaginação pode alcançar. É um mistério que se revela lentamente, apenas seguimos com fé. Como uma flor, o caminho se abrirá e novas bênçãos brotarão!

Obra-Prima

Fiéis a sua missão!

Elas estão equipadas para trabalhar! E nós também!

Como você pode criar uma obra-prima requintada?
Se pudéssemos fazer esta pergunta para a abelha e borboleta, a resposta seria:

Seja você mesmo!

Mas, seja você mesmo com o propósito de criar, prosperar, e construir,
para se exibir na sala de exposições de Deus, trabalhando em Sua missão!
Então, você pode ser você mesmo, como Deus planejou que fosse, com grande satisfação!

Prosperando!

Espalhando O Pólen. . .

Colorindo O Mundo . . .

Precioso

Através das cores, Deus nos mostra sua criatividade magnifica!
Estamos totalmente cercados por cores.
Vivemos em uma tela colorida sem limite. Somos a obra de arte de Deus.
As cores têm um efeito sobre nós, e nossas cores favoritas, revelam um pouco sobre a nossa personalidade.
Em minhas pinturas estão as cores do meu coração, contando um pouco sobre mim, me ajudando a ver minhas cores verdadeiras e o quanto eu sou preciosa, porque eu fui criada por um Mestre!
Encontramos a liberdade quando podemos ver a verdade, assim nos apresentamos mais vibrantes em Sua obra-prima. Suas cores preciosas podem ser mostradas através de nós, desenvolvendo uma história nunca antes revelada! Somos muito preciosos para Deus, e Deus é muito precioso para nós!
Não podemos deixar a vida tirar nossas cores!

A abelha:

Agora que já nos divertimos um pouco,
há mais um lugar para ir!
Com certeza esse lugar precisa de algumas cores!
Você está pronta? Podemos ir?

A borboleta:

Abelhinha, eu confio em você!
Você me levou pelo mundo afora!
Você lidera o caminho, eu vou seguir!
Estou mais do que pronta, podemos partir!

Através Dos Olhos De Uma Criança

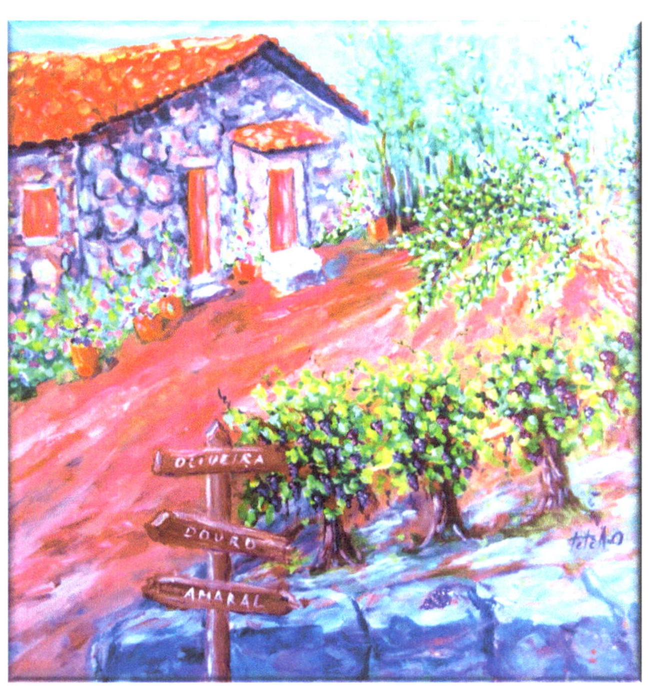

Com os olhos de uma criança, eu imaginava as
aldeias onde meus pais nasceram.
Guardei em meu coração artístico, estórias
fascinantes e coloridas,
desejando um dia poder recriá-las em telas.
Pintando, experimento novas emoções.
Viajo ao encontro de paisagens vividas por meus
pais, que me fascinam.
Escolho o estilo da liberdade
com grande significado!
Meu coração é guiado por Deus!
Seu estilo é infinito!

A arte de bondade de Deus

Na placa de direção desta pintura, escrevi três nomes: Oliveira, o sobrenome do meu pai; Amaral, o sobrenome da minha mãe, e Douro, que é um dos lugares mais fantásticos que já conhecei.
Um rio que reflete, em suas águas espelhadas, a beleza de seus montes cobertos por videiras Divinas, as quais formam uma tapeçaria com desenhos simétricos deslumbrantes!

Eu vou pintar você!

Qual a borboleta que você escolhe para passear no seu jardim?

Vou derramar cores
alegres sobre você!
Azul- serenidade,
rosa- ternura,
amarelo- prosperidade,
e lavanda- calmante,
para que o seu dia
seja super especial!

Eu escolhi cores vibrantes
para você se divertir e
sorrir! Aproveite a
minha visita de paz,
compartilhe este
sentimento com alguém!

Vou espalhar
cores cintilantes
em seu jardim!
Lhe darei beijos de luz
para você brilhar e
espalhar a alegria no
seu caminho!

PRESERVANDO MINHAS CORES

EU DECORO MEU CANTINHO DE MEDITAÇÃO COM FLORES COR- DE -ROSA QUANDO QUERO TRANQUILIDADE; GIRASSÓIS, COM SEU AMARELO VIBRANTE, PARA ESTIMULAR MEUS PENSAMENTOS, E MUITAS OUTRAS LINDAS SURPRESAS PARA ME INSPIRAR. ESCOLHI A COR BRANCA, QUE TRANSMITE PAZ, PARA DECORAR MEU PEQUENO SANTUÁRIO. COLOCO LAVANDA NO QUARTO PARA RELAXAR E SONHAR, FOLHAGENS POR TODA PARTE PARA CAPTURAR A SENSAÇÃO REFRESCANTE DE ESTAR AO AR LIVRE E, CLARO, MEUS GERÂNIOS ENCANTADORES EXIBINDO TODAS AS CORES, SATISFAZENDO OS DESEJOS DO DIA. NA MINHA SALA DE ESTAR EU TENHO UMA ENORME JANELA E PORTA COM VISTA PARA O JARDIM. EU PINTO AO SOM DA CACHOEIRA E CERCADA POR BEIJA-FLORES. SOU CONSTANTEMENTE DISTRAÍDA POR ESQUILOS BRINCALHÕES. JACARANDÁ, PINHEIROS, E HORTÊNSIAS, COMPÕEM UM CENÁRIO ENCANTADOR. TANTA COISA PARA CONTEMPLAR! ISSO E MUITO MAIS, ESTÁ DISPONÍVEL PARA MIM, TODOS OS DIAS! TODAS ESSAS BÊNÇÃOS ME GUIAM EM ORAÇÕES DE AGRADECIMENTO ATIVANDO MINHAS CORES! ASSIM, APRECIO A GRAÇA SEM LIMITE DE DEUS, E ENCONTRO O **AMOR DIVINO**.

A abelha:

Estamos carregando o pólen de gratidão hoje!
Vai ser divertido
transformar o esconderijo!

A borboleta:

Vamos levar muita cor!
Vai brilhar como o dia!
Vamos espalhar o pólen,
para brotar a alegria!

Retribuindo Com Gratidão

Observando o comportamento frenético e divertido das abelhas e borboletas, eu vejo como são totalmente focadas em seu trabalho. Incessantemente, e rapidamente, vão de flor em flor em busca de uma poção deliciosa, espalhando o pólen milagroso. É uma troca de presentes entre elas e as flores. Tudo na vida está entrelaçado neste milagroso ato de dar e receber.

É muito gratificante poder presentear, seja a alguém que amamos ou fazendo caridade. Também deveríamos acrescentar à nossa lista, proteger a fauna e a flora. Presenteie as abelhas e borboletas hoje com flores no seu jardim.

Nós abençoamos e somos abençoados, dando ou recebendo. Quando doamos, abençoamos, mas também somos abençoados quando presenteamos com o coração. Presentear é pensar em alguém com carinho, desejando felicidade, demonstrando amor, ao contrário seria apenas uma caixa vazia, sem sentimento e sem valor, não importa o preço!

As abelhas e borboletas têm como missão espalhar a vida!
Têm significado e propósito, e nós nos beneficiamos de seu trabalho fantástico!
Como podemos retribuir com o pólen da gratidão?

Decoração de Interiores

Adoro decorar! É uma outra maneira de usar a minha criatividade e embelezar a vida.
Tudo pode ser transformado para transmitir serenidade e amor,
criando uma atmosfera calmante, convidando Deus a entrar.
Paz e tranquilidade são essenciais para o coração e a mente,
para podermos nos conectar e ouvir a voz suave de Deus nos guiando.
O primeiro passo para uma decoração bem-sucedida, é decorar nossos corações
com muita luz e cores, revelando o nosso interior em tudo o que fazemos!

Com as abelhas, que sabem
construir o favo de mel com
precisão e perfeito design para
armazenar o mel, aprendemos que
o importante é guardar somente o
que tem valor sentimental,
preenchendo cada favo de nossas
vidas com muito amor!

Convide a natureza a entrar em sua casa.
Nesse momento, no jardim, eu escrevo na companhia de um lindo beija-flor e uma abelhinha,
que vem e vai quando lhe agrada!
Abro minhas portas para dividir o meu espaço sereno para ser um lugar de bênçãos!

Missão Cumprida!

A festa já começou!
A abelhinha e a borboleta convidaram seus amigos, os vaga-lumes,
para compartilhar sua luz!
Tudo está brilhante e colorido!

Chame os vaga-lumes!
Acenda as velas da esperança!
para acolher a Luz de Deus e deixá-la brilar!
Ele vem como uma estrela cadente
invadindo todos os cantos de sua vida!
Sua paixão dominante revela Sua compaixão.
Sacie-se, saboreie esta fonte da vida!

Obrigada por nos acompanhar nessa aventura!!
Nós colorimos o mundo, você está convidado!
Tetê AmO

Nós

sempre

teremos

pólen a

mais

para

animar

você!

Renove
Restaure
Rejuveneça!

Queridos amigos!
Bem-vindos a este paraíso de páginas coloridas com mensagens edificantes!
Eu me diverti muito com a abelha e borboleta!
Espero que você também tenha gostado dessa aventura!

ENCONTRANDO SUAS CORES foi um presente para mim de Deus, quando lhe fiz uma pergunta:
Isso é tudo?

A resposta está em cada página deste livro! Mas também me fez perceber a insensatez da minha parte em fazer a Deus tal pergunta! Mas Ele entende nossas perguntas. Ele tem sempre uma resposta impecável demonstrando Sua paciência e amor. É sábio esperar pelo tempo de Deus, mas não significa que devemos deixar de buscar o nosso crescimento espiritual, estando nativos, ou "fora de serviço". Devemos esperar grandes coisas de um Deus Magnífico, porque Ele é o que Ele diz que é, e Ele faz o que ele diz que faz, mas muitas coisas dependem de nós. Como por exemplo, manter um relacionamento intenso com Deus, para adorá-lo, ouvir Suas respostas e estar disposto a mudar. Essa foi a resposta à minha pergunta: "você está perdendo suas cores". Sendo uma amante de cores, a resposta foi bem clara! Deus poderia ter feito um discurso espetacular, mas Ele é Deus! Ele pode responder as mais complexas perguntas usando uma só palavra. Na Bíblia, temos o discurso completo de Seu amor por nós, mas Ele escolheu deixar que eu visse o meu coração.

Louvado seja Deus!

Espero que este livro tenha inspirado você a reconhecer que todas as respostas estão em seu coração!

Prazer Em Lhe Conhecer!

Meu nome é Tereza Amaral de Oliveira, Tetê é o meu apelido. Tetê AmO Art sempre esteve em mim, mas só agora se manifestou. "AmO" é a combinação das duas iniciais do sobrenome da minha mãe, "Am" e a inicial do sobrenome do meu pai, "O." Três letras formando a palavra "AmO". Com certeza, uma união abençoada por Deus.

Seguindo a luz, estou vivendo o meu sonho!

Minha inspiração vem de Deus, da Bíblia e da criatividade de Deus apresentada na natureza, através da qual se comunica conosco, nos ensinando e abençoando. Meu coração se deleita com a paleta de Deus. Meus livros são uma expressão da minha paixão pela natureza. Sou Bióloga, apaixonada pela arte, em processo constante de aprendizagem e escritora em busca do meu próprio estilo.

Todas as minhas pinturas têm um significado especial. Algumas são memórias que eu quero manter vivas, outras revelam surpresas impressionantes. São momentos de oração me guiando para aprender mais sobre mim mesma, usando meus dons para o propósito de Deus, de maneiras muito mais significantes do que eu poderia ter imaginado! Meus livros têm o propósito de revelar o que aprendi caminhando com Deus, dar-lhe glória, colorir o mundo com cores alegres, enviar mensagens edificantes e poder inspirar você a manifestar seus sonhos!

MAIS PINTURAS ALEGRES
E PALAVRAS DE ENCORAJAMENTO PARA VOCÊ!

UM LIVRO PARA GUARDAR NO SEU CORAÇÃO!

QUANDO VOCÊ ABRE O LIVRO, O CAMINHO PARA A LIBERDADE, VOCÊ ENTRA EM UM MUNDO PRIVADO DE CORES E PALAVRAS SUAVES PARA ACARICIAR SEU CORAÇÃO! É UM LIVRO DE ENCORAJAMENTO E INSPIRAÇÃO, BEM COMO AGRADÁVEL AOS OLHOS. COLORIDO, CHARMOSO E POÉTICO, DESAFIA SUA IMAGINAÇÃO E CRIATIVIDADE PARA ALCANÇAR A REALIZAÇÃO INDIVIDUAL. ENCONTRE INCENTIVO EM CADA PÁGINA, SE TRANSPORTE PARA UM JARDIM DE ALEGRIA! É UM LIVRO MOTIVACIONAL COM ARTE E REFLEXÕES PARA A MEDITAÇÃO, DESPERTANDO SEUS SONHOS!

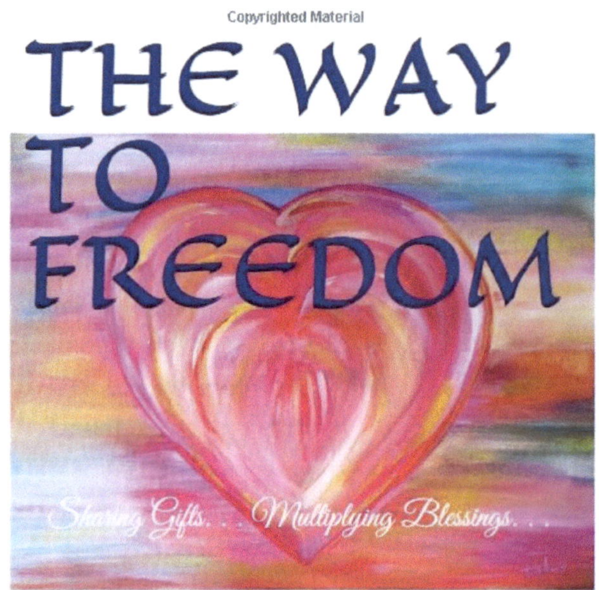

DESCUBRA OS TESOUROS ESCONDIDOS EM SEU CORAÇÃO!
ARTE ORIGINAL DE TETÊ AMO.

AVAILABLE ON AMAZON.COM

Obrigada a todos pelos comentários sobre como meu livro,
O CAMINHO PARA A LIBERDADE *tocou seus corações,*
mostrando profunda emoção.
Obrigada a Deus por me usar como um instrumento de Seu amor para Sua glória!
Tetê AmO

Você está convidado a acompanhar esta aventura colorida e inspiradora comigo no Facebook, Instagram e YouTube.
Adoraria a sua companhia!
Obrigada!

Tetê AmO Art

tete_amo_art

Tetê AmO Art

www.ingramcontent.com/pod-product-compliance
Lightning Source LLC
LaVergne TN
LVHW070134110826
845147LV00002B/247

* 9 7 8 1 7 3 2 9 0 3 8 3 8 *